飯田龍太句集

山のこゑ

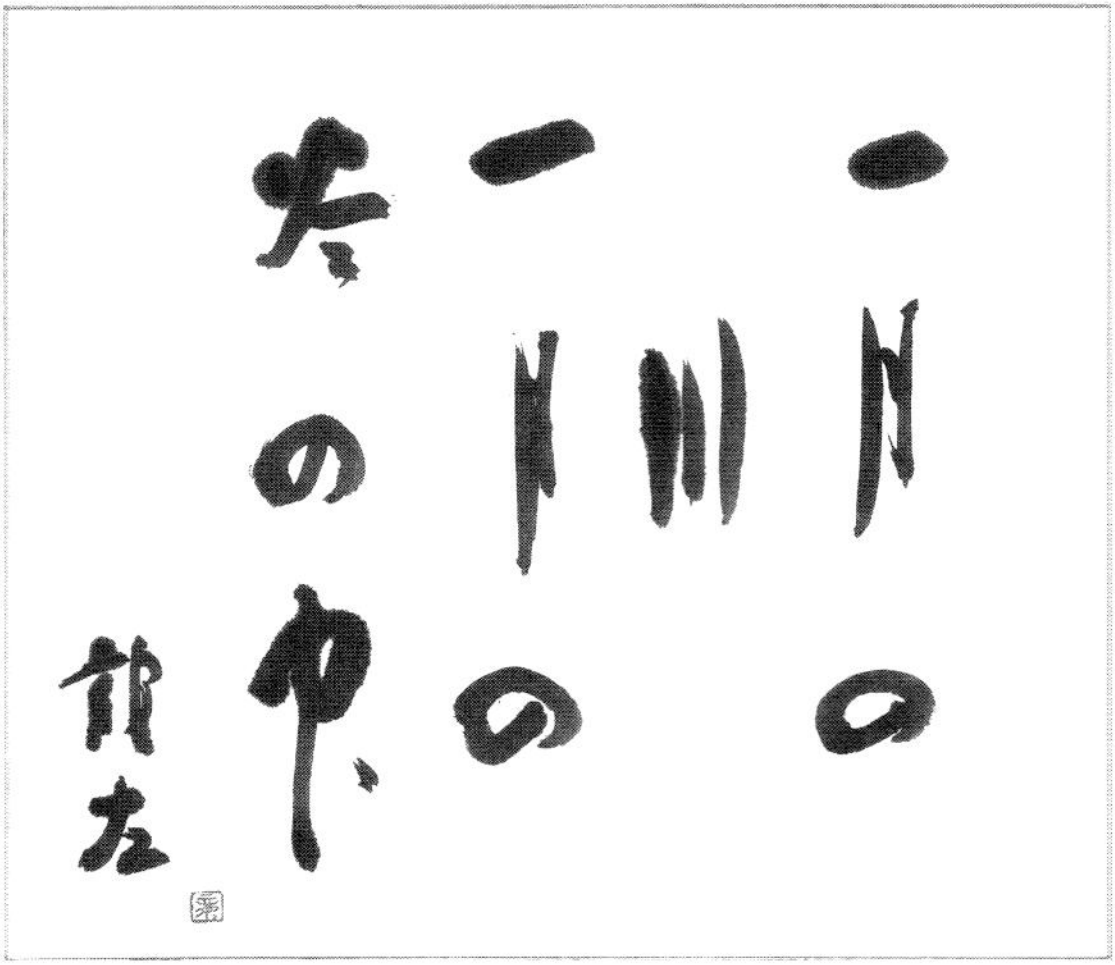
一月の
川一月の
谷の中
龍太

飯田龍太句集　山のこゑ　廣瀬直人編

句集一覧

『百戸の谿』（昭和二十九年刊　書林新甲鳥）
『童眸』（昭和三十四年刊　角川書店）
『麓の人』（昭和四十年刊　雲母社）
『忘音』（昭和四十三年刊　牧羊社）
『春の道』（昭和四十六年刊　牧羊社）
『山の木』（昭和五十年刊　立風書房）
『涼夜』（昭和五十二年刊　五月書房）
『今昔』（昭和五十六年刊　立風書房）
『山の影』（昭和六十年刊　立風書房）
『遅速』（平成三年刊　立風書房）

春すでに高嶺未婚のつばくらめ　『百戸の谿』

いきいきと三月生る雲の奥

満月に目をみひらいて花こぶし

志賀高原行　二句

炎天をいただく嶺の遠き数

群燕にあかつきの灯のしのびやか

石原八束氏と共に北ア燕岳山麓中房温泉に遊ぶ

炎天や力のほかに美醜なし

青竹が熟柿のどれにでも届く

山河はや冬かがやきて位に即けり

亡きものはなし冬の星鎖をなせど

強霜の富士や力を裾までも

新米といふよろこびのかすかなり

夏川の声ともならず夕迫る

花栗のちからかぎりに夜もにほふ

夕焼けて遠山雲の意にそへり

秋嶽ののび極まりてとどまれり

ひややかに夜は地をおくり鰯雲

露草も露のちからの花ひらく

鰯雲日かげは水の音迅く

紺絣春月重く出でしかな

抱く吾子も梅雨の重みといふべしや

父の眸や熟れ麦に陽が赫つとさす

秋潮の強き面《おもて》のはるかなり

露の村恋うても友のすくなしや

わが息のわが身に通ひ渡り鳥

露の村墓域とおもふばかりなり

ゆく年の火のいきいきと子を照らす

雁鳴くとぴしぴし飛ばす夜の爪

山郷棚田多し田草とる姿三三五五

汗の背にはるかな夕日わかちなし

黒揚羽九月の樹間透きとほり

秋燕の虚しきまでに日の温み

鶏毟るべく冬川に出でにけり

春の鳶寄りわかれては高みつつ

昭和二十二年兄鵬生戦死の公報あり

秋果盛る灯にさだまりて遺影はや

つづいて三兄シベリヤに戦病死

兄逝くや空の感情日日に冬

大寒の一戸もかくれなき故郷　『童眸』

耳そばだてて雪原を遠く見る
雪の峯しづかに春ののぼりゆく
渓川の身を揺りて夏来るなり
春暁のあまたの瀬音村を出づ
満目の秋到らんと音絶えし

大阪支社諸友と紀州友ヶ島に遊ぶ

灯の下の波がひらりと夜の秋

父子の情冬の月光巌に跳ね

遠方の雲に暑を置き青さんま

大木の裏に山澄み閑古鳥

秋冷の黒牛に幹直立す

月の道子の言葉掌に置くごとし

陽の果にうしほ顫へて松毟鳥《まつむしり》

I先生芸術院賞受賞

春風のゆくへにも眼をしばたたく

九月十日急性小児麻痺のため
病臥一夜にして六歳になる次女純子を失ふ

露の土踏んで脚透くおもひあり

花かげに秋夜目覚める子の遺影

父母を呼ぶごとく夕鵙墓に揺れ

夜叉神峠

新雪に何か声澄むさるをがせ

枯れ果てて誰か火を焚く子の墓域

馬の瞳も零下に碧む峠口

元日の門前に来る子と落葉

風ぬくし旅半ばより亡き子見ゆ

高き燕深き廂に少女冷ゆ

九月七日氷下魚三周年大会出席のため空路渡道十日帰郷、
帰京の機中ひそかに亡児を想ふ

秋空にひとり日暮れて一周忌

晩年の父母あかつきの山ざくら

冬耕の顔に真昼のほとけ空

夏の雲湧き人形の唇ひと粒『麓の人』

山枯れて言葉のごとく水動く

風ながれ川流れゐるすみれ草

雪山のどこも動かず花にほふ

青光会の諸友と銚子に遊ぶ

鰯雲黒き小禽の声ひといろ

ひえびえとなすこと溜る山の影

手が見えて父が落葉の山歩く

雪山に何も求めず夕日消ゆ

月光の休まず照らす雪解川

父病臥、小康を保つ

青萱に山彦ながれ死病去る

川上に一燦の過去竹煮草

旅ながく折れたる枝の花おもふ

桔梗一輪死なばゆく手の道通る

十月三日・父死す　三句

亡き父の秋夜濡れたる机拭く

鳴く鳥の姿見えざる露の空

常の身はつねの人の香鰯雲

ねむるまで冬滝ひびく水の上

長島愛生園　二句
十年前ここを訪れし蛇笏のために病友集つて追悼法要をいとなみ、その遺影を掲ぐ

花の遺影に爛々と時忘ず

病友と珠なす海の春陽享く

春の蟬生木に鋼巻くごとし

極寒や顔の真上の白根嶽

一月の滝いんいんと白馬飼ふ

ふるさとの楢山夢の粉雪舞ひ

碧空に山充満す旱川

夕焼けて夏山己が場に聳ゆ

晩涼の幼な机の灯がひとつ

十月三日・蛇笏三周忌　二句

蛇笏忌の目鼻と近む深山星

山廬忌の人々あそぶ山の声

手は常の白さ星出て秋の風

秋の船風吹く港出てゆけり

田を移るたびに北風つよき谷

短日の胸厚き山四方に充つ

紙ひとり燃ゆ忘年の山平ら

うすうすと紺のぼりたる師走空

母腹部手術　二句

草青むこころに剣ひかる夜を

こんこんとねむる骨の手寒き空

緑蔭をよろこびの影すぎしのみ

梅を干す真昼小さな母の音

乙女らの頸が蚕の色盆の路

遠き灯の百足色なす晩夏かな

南ア山麓十谷温泉

家を出てひとうるほへる芒道　『忘音』

十月二十七日母死去　三句

落葉踏む足音いづこにもあらず

生前も死後もつめたき箒の柄

目つむれば欅落葉す夜の谷

父母の亡き裏口開いて枯木山

寒茜山々照らすにはあらず

母の手に墓参の花を移す夢

冬耕の兄がうしろの山通る

あをあをと年越す北のうしほかな

子の皿に塩ふる音もみどりの夜

蛇笏遺句集『椿花集』刊

遺著抜き見るつばくろの声の下

どの子にも涼しく風の吹く日かな

山の栗こがね光りす昼寝覚め

凧ひとつ浮ぶ小さな村の上

いづこにも冬日いちにち来給はず

はればれと昼の氷柱の水しぶき

枯山を抜けて端山の父を呼ぶ

凍空を憧れて翔ぶもののあり

刃を入れしものに草の香春まつり

春暁の竹筒にある筆二本

日々明るくて燕に子を賜ふ

炎天に筵たたけば盆が来る

短夜の水ひびきゐる駒ヶ嶽

谷の樹に茜さしたる浮藻草

七夕の風吹く岸の深みどり

ひややかに落葉見送るゆふべの木

大寒の赤子動かぬ家の中

真清水の泡立ちいそぐ年の暮

芥火に疾風吹きこむ春祭

北の空暗し暗しと鶸が鳴く

眼前の椿開きて三日経《た》つ

鶫の声くれなゐを誘ひ出す

雲のぼる六月宙の深山蟬　『春の道』

さびしくて梅もぐ兄と睦みゐる

大粒の雨が肘打つ山女釣

白菊に遠い空から雨が来る

一月の川一月の谷の中

近づいて冬雨ひびく山の家

墓の裏から元日の雀翔ぶ

野茨の実のくれなゐに月日去る

雪の日暮れはいくたびも読む文のごとし

炎にも春の草の香八ヶ嶽

椎茸の榾を見にゆく女の子

ふるさとの雪解日和は銀の櫛

しんかんと栄螺の籠の十ばかり

恋猫に篠竹群を疾風過ぐ

黒揚羽人目はばかる声きこゆ

虻の翅音は峠向うの老婆達

十年ののちのわが子と萱の丈

稲の道村の南の学校へ

吊鐘のなかの月日も柿の秋

短日の雀むらがる眉の上

川端京子さんの急逝を悲しむ　二句

襟ことに白きおもひの闇寒し

大原のみぞれの夜も常の笑み

風の彼方直視十里の寒暮あり

銀鼠色の夜空も春隣り

斑雪山月夜は滝のこだま浴び

鶏鳴に追はれて消える春の星

耳掻のさきの綿毛の薄暑光

炎天のかすみをのぼる山の鳥

義民のことなど八月の姫女菀

女らも片手摑みに山の虻

信濃から人来てあそぶ秋の浜

葡萄千本木枯の日向まで

花野来し隣り座敷の老夫婦

刻々と緋を溜めてゐる柘榴の実

青竹に何の白旗夕野分

沢蟹の寒暮を歩きゐる故郷
『山の木』

大鯉の屍見にゆく凍のなか

どの家からも春暁の駒ヶ嶽

満月の或夜苗木の花ざかり

軍神の虚実は知らずすみれ草

桜湯を含めばとほる山がらす

ふるさとは坂八方に春の嶺

眠る嬰児水あげてゐる薔薇のごとし

山の雨たつぷりかかる蝸牛

村深くおのれの位置に夏欅

鰯雲淵いくたびか驟雨過ぎ

蛇笏忌の吊す肌着に山の虻

夕冷えの炉明りに宇野浩二伝

餅搗のあと天上の紺に溶け

野梅ひらけば骨片は地に沈み

盛りこぼれつつことごとく柚の実かな

雪山をはなれてたまる寒の闇

春の夜の肌着をたたむ末娘

かたつむり甲斐も信濃も雨のなか

朧夜のむんずと高む翌檜

栴檀の咲き溢るれば亡き子見ゆ

夏木さだかに住み馴れし地と思ふ

瘤つけて泣く子山廬忌晴れわたり

筍の穂先にかすむ甲武信嶽

刈草のひとすぢかかる露の墓

餅花にをりふしひびく古風鈴

大寒の牛鳴いてゐる萱の中

白梅のあと紅梅の深空あり

黒猫の子のぞろぞろと月夜かな

月の夜は好きか嫌ひかなめくぢり

晩涼やおのおの語る古俳諧

三伏の闇はるかより露のこゑ

群嶺群雲紫陽花の季なりけり

立葵赤子の顔を酢の香過ぐ

くれなゐの実のことごとく師走かな

畦火いま水に廓の情死行

枯山の月今昔を照らしゐる

貝こきと嚙めば朧の安房の国

利休の忌湯ざめごころの白襖

朧夜の猫が水子の声を出す

たのしさとさびしさ隣る滝の音

五月卅日告別

花珊瑚樹に寒々の魂しづか

水澄みて四方に関ある甲斐の国

茸にほへばつつましき故郷あり

釣りあげし鮠に水の香初しぐれ

うそ寒の口にふくみて小骨とる

短日の塀越しに甲斐駒ヶ嶽

短日やこころ澄まねば山澄まず

冬の雲生後三日の仔牛立つ
野老《ところ》掘り山々は丈あらそはず
別の桶にも寒鯉の水しぶき『涼夜』
立春の間近き室戸岬かな
春がすみ詩歌密室には在らず

信州飯田

詩人耿之介生誕の地に夏暁

夜の秋拳に生毛あることも

九州えびの高原

湯のなかの二言三言露めく日

詩の話などすこしして睦月かな

しぐれ空集まつて椋鳥はるかかな

冬深し鶸にまぎれて鶫鳴き

いくたびも山遠く見て酢茎売り

春の夜の藁屋ふたつが国境ひ

春雪に苔のまみどり丈草忌

仔兎の耳透く富士の山開き

妹の籠のトマトをひとつ食ふ

山々と共に暮れゆく木の実かな

雪切れし方に湖ある神無月

鮠は身を流れにゆだね鰯雲

神無月するりと外す傘袋

肥後・天草小旅　二句

朝寒や阿蘇天草とわかれ発ち

月二郎墓碑の茶の木の夕しぐれ

冬晴れのとある駅より印度人

初夢のなかの高嶺の雪煙り

梅漬の種が真赤ぞ甲斐の冬

雲雀鳴く火を浴びて岩割れしまま

大鯉に死のうたごゑの花吹雪

花栗の香を隣国の怨となす

北海道小旅　二句

一行のひとりは病後蕗の雨

深山蟬しんとどの眼も恵庭嶽

呆然としてさはやかに夏の富士『今昔』

香奠にしるすおのが名夜の秋

夕闇をつらぬく秋の岬かな

鯔《ぼら》さげて篠つく雨の野を帰る

さびしさは秋の彼岸のみづすまし

存念のいろ定まれる山の柿

薺粥仮の世の雪舞ひそめし

満願の日のあけぼのの衾雪

満目の草木汚さず薄暑来る

奪衣婆のよろめき坐る雲の峰

柚の花はいづれの世の香ともわかず

湧きたちて羽蟻まぎるる相模灘

去るものは去りまた充ちて秋の空

飯田蛇笏忌大露の深空より

返り花咲けば小さな山のこゑ

河豚食うて仏陀の巨体見にゆかん

ふるきよきころのいろして冬スミレ

裏富士の月夜の空を黄金虫

鹿《か》の子にもものの見る眼ふたつづつ

葱抜けば身の還るべき地の香あり

菩提寺住職入寂　二句

花栗の夜空へ遷化したまへり

天寿おほむね遠蟬の音に似たり

良夜かな赤子の寝息麩のごとく

長崎にて　二句

冬の家目つむれば魔の閃光裡

草紅葉死の間際まで見えし眼か

初夢のなかをわが身の遍路行

鵠色の空より湧いて虎落笛

春の山夜はむかしの月のなか

鳥帰るこんにやく村の夕空を

雲の峰おのれに甘えゐる間なし

様似の夏　二句

三伏の幾野を越えて昆布の地

『山の影』

白波とエゾハルゼミを夜明けより

麥南仏　三句

なつかしや秋の仏は髯のまま

蘭の香にかなひて眠る薄瞼

かつて〝校正の神様〟といはれしひと

爽涼と目つむりて指花の中

甲斐駒のほうとむささび月夜かな

踏み入りしことなき嶺も淑気かな

朱欒叩けば春潮の音すなり

新しき笊に笊の香春の雲

うしろより月日蹤きくる雲の峰

チングルマむらがり咲いて未知の夜へ

涼新た傘巻きながら見る山は

暁闇の甕のひとつに青胡桃

文化の日鉄の屑籠雨の中

中川宋淵禅師来訪

返り花老師お臍のはなしなど

冬の雷模糊と手の指足のゆび

甲斐の春子持鰍の目がつぶら

詩はつねに充ちくるものぞ百千鳥

清春白樺美術館　二句

春の嶺時得て時を忘れゐる

青き踏む老劇作家尼のごとし

山起伏して乱れなき大暑かな

松山にて　三句

秋雲の下城ひとつ子規もひとり

磯鵯に秋の遍路の影法師

燭はいま祈りの在り処秋の風

高野山にて　二句

夕冷えの名草自刃の間より見ゆ

時さだめなき山を出て柿の秋

熱海双柿舎　三句

秋風や連れだつ友の月日また

それぞれの世過ぎを忘れ返り花

滅後半世紀ひたすらに石蕗黄なり

元日の山褒貶の外にあり

鏡餅わけても西の遥かかな

死は狎れを許さぬものぞ寒日和

龍の玉升《のぼ》さんと呼ぶ虚子のころ

月の夜の海なき国を柳絮とぶ

春の露鮮血糸のごとやさし

いまはむかしのいろの蘇枋の花ざかり

向日葵の大愚ますます旺んなり

真黒な富士に湧き出て子蟷螂

鎌倉をぬけて海ある初秋かな

月夜茸山の寝息の思はるる

年暮るる北方領土棘のごと

八方に音捨ててゐる冬の滝

春の夜の氷の国の手鞠唄

満月に浮かれ出でしは山ざくら　『遅速』

山住みの奢りのひとつ朧夜は

こころいま世になきごとく涼みゐる

夕月に山百合は香を争はず

闇よりも山大いなる晩夏かな

幼子のいつか手を曳き夜の秋

新涼の離れて睦む山と雲

秋の夜の眼《まなこ》大きな宣教師

古都奈良を秋が生絹《すずし》のごとく去る

草紅葉骨壺は極小がよし

白雲のうしろはるけき小春かな

元日といふ別々の寒さあり

仕事よりいのちおもへと春の山

木の奥に木のこゑひそみ明易し

壇の浦・早鞆の瀬戸　二句

冷まじき潮寿永の音すなり

幼帝のいまはの笑みの薄紅葉

ひといつかうしろを忘れ小六月

なにはともあれ山に雨山は春

雲雀野や赤子に骨のありどころ

いつとなく咲きいつとなく秋の花

露の夜は山が隣家のごとくあり

骨壺の中が真っ暗秋の道

家を出て枯蟷螂のごとく居る

千里より一里が遠き春の闇

爾今「尊魚堂主人」と自称すと来信あれば

百千鳥魚にも笑顔ありぬべし

悼　山本健吉先生

雪月花わけても花のえにしこそ

元日の戸を開けてゐる山の家

手毬つく毬より小さき手毬唄

百千鳥雌蕊雄蕊を囃すなり

涼風の一塊として男来る

父のこと問はれてをれば郭公鳴く

枯蟷螂に朗々の眼あり

長崎浦上天主堂

鐘けふも下《げ》天《てん》にひびき冬茜

グラバー邸

寒夕焼須臾の幸いま永久の謎

永井隆博士　如己堂

冬日向目つむれば臥す故人見え

蓮掘りしあとめどなく雨の音

雨音にまぎれず鳴いて寒雀

冬の蜂やすけき死処もありぬべし　『遅速』以後

冬の海鉄塊狂ひなく沈む

温め酒故人全き姿にて

家々のひえびえ遠き春隣

紅梅を素早く通る山の風

またもとのおのれにもどり夕焼中

遠くまで海揺れてゐる大暑かな

●飯田龍太句集『山のこゑ』解説――廣瀬直人

飯田龍太は大正九年七月十日、山梨県の境川村（現笛吹市境川町）小黒坂に生まれた。飯田蛇笏の四男である。この集落は甲府盆地の東南、御坂山地の山麓にあって、百戸にも満たない家々が点在している。飯田家はその集落のやや下がった所にあって小さな谷間いにある。地形は全く変っていないが、現在の風景は龍太が生まれ育った頃とはかなり異ってきているようである。その当時、屋敷の裏はすぐ鬱蒼とした真竹の群落に包まれていた。蛇笏、龍太さらにここを訪れる門下の俳人たちが作句の素材として親しんだ〝狐川〟は今もひそやかな音を立てて流れ下っている。

一月の川一月の谷の中　龍太

この代表作のひとつもそのままこの谷川のほとりで作られた一句。ただ、その径十数センチにも及ぶ見事な竹林は昭和五十年の砂防工事のために伐られてしまったのは残念であった。谷に渡された十メートル程の木橋も共に架け替えられたが、この橋を渡ると楢・櫟などの多い雑木山のやや急な傾斜になって、この山林を抜けると裏山の稜線に出る。ここから眺望する風景は、前景に甲府盆地を置いて、西の南アルプスからぐるっと北へ八ヶ嶽、金峯山、甲武信嶽などの高峯の連なりが一望できる大景が広がる。

ざっと述べると、これが龍太の生まれ育った自然の風土だが、ここに生きる村人たちの生活は、今でこそ果樹栽培などが加わって多角的になってはいるものの、その当時は主に養蚕が生活の柱であった。飯田家も江戸時代から続いた古い家系で、家の建て方も武家屋敷の形を残しており、集落の中ではかなり大きい養蚕の家だったようである。こんな中で龍太は戦争の末期から戦後へかけて畑仕事に力を入れたといわれている。牛を二頭使って耕したというから、あの小柄な体を考えると思いがけなさがまず先にたつ。しかも耕作面積は一町歩余というからますます驚かされる。因みに、その頃、「農業世界」の募集に応募した論文で「馬鈴薯栽培法」が一等に入賞したこともここで紹介しておきたい。とにかく計画性確かな丹念な仕事をする性格と言っていい。肥料なども金肥は使わずに裏の谷で集めた木の葉による生まのものでないと土質を永く保つことは出来ないという話をされたことがある。

さて、文章の内容がいつか俳句から離れていきそうだが、龍太の作句の始まりがいつであったかは必ずしもはっきりしない。中学時代の同じ学級の中に「雲母」に熱心に投句する友人がいて、俳句について話したことはあったようだが、作句するまでには至らなかった。句会へ出て投句したのは二十一歳の時、国学院大学に在学中、南アルプス山麓の西山温泉に父蛇笏と遊山の旅に出掛けた折、たまたま同門の石原八束一行と出会って開かれた句会であった。その会の様子は龍太本人の記した文章もあって、その投句した二句を蛇笏が一席と二席に選んだというのである。その句は、

巖を打つてたばしる水に額咲けり　　龍太
毒うつぎ熟れて山なみなべて紺　　〃

であった。おそらく温泉周辺の景そのままの嘱目であろう。
さて、各句集の解説に移る。

＊

『百戸の谿』

第一句集である。

発刊は昭和二十九年八月、書林新甲鳥（京都）の企画による「昭和俳句叢書・全十巻」のうちの一巻。収録句数は二五九句、一八〇頁という構成だが、句の配列が逆年順（昭和二十九年〜二十三年以前）という形に特色がある。ただ、この集は昭和五十一年、『定本百戸の谿』として刊行された。その際、初刊の逆年順を作句年次順に改めるとともに昭和十六年以降の作品を昭和二十年以前という項目を新たに設けて十四句を加えた。前述の二作はその中に収録されている。

この一集は刊行後、さまざまの論評の対象となって、現在もなお新しい視点で眺められているが、現実生活の面からも、精神的な面からも、また当時の俳壇の流れと関わってみても龍太俳句の方向を論ずるに足る内容と見ていい。

ところで、龍太は戦後のこの時期をこんな風に振り返る。たとえば、「『百戸の谿』は、主として二十代から三十代初期のものだけに、表現技術としては未熟だが、青春晩期の憂愁がいろ濃く漂って眺められる。（略）この時期は農事に専念した。ついで県の図書館に勤めることになったが、この一集には、たとえば〝天つつぬけに木犀と豚にほふ〟（他三句略）と云った、憂愁などという言葉とはおよそ縁の遠い、暢気な作品が散見する」（『現代俳句全集』――自作ノート――）とも言っているが、それとは全く逆に、「ともあれ、この期間は、戦後の世間一般と同じように、私の身辺にもさまざまのことがあり、したがって感情の起伏の最もはげしかった時期である」（『自選自解飯田龍太句集』――作品の周辺――）というような文章がそれを示していよう。集中の、

梅雨の川こころ置くべき場とてなし　龍太

この一作など、その心境の最も端的な表われと言えるだろう。

そんな起伏の中で最もはげしく覆い被さってきたのは長兄聡一郎（俳号鵬生）の戦死――昭和十九年、レイテ島にて玉砕――ではなかったろうか。次兄は既に昭和十七年に病死、三兄はシベリアに抑留されて生死不明という現実に突き当って、飯田家の日常、さらに父蛇笏が一途に培ってきた「雲母」の世界にどう対処するかという大きな課題があった。

「雲母」の編集は、戦後わずかな休刊の期間があったものの二十二年には復刊して、龍太はその編集に専念することになる。

この時期の「雲母」の編集後記に接して、次の文章には思わずはっとさせられるものがあった。

「新しい世代の人々は、永い経験を持った人にも感銘を与え得る〝新しさ〟を生み出していくと同時に、先輩は新人の作品に親切に目を通すあたたかい愛情を示していただきたい。そうすることによって初めて相互の研鑽と向上が生まれてくるでしょう（後略）」

昭和二十五年七月号である。「雲母」の将来を支えていこうとする意志が既に鮮明に見えている内容といえるだろう。折柄、俳壇には〝社会性俳句〟、〝前衛俳句〟などと呼ばれる新しい方向が登場して急速な曲り角にさしかかっていた時期だけに、『百戸の谿』の刊行には大きな意味があった。水原秋桜子の「現俳壇において比類なく清新」、石塚友二の「純粋抒情」、角川源義の「戦後俳句に抒情の炬火をかかげる唯一の旗手」というような評によって『百戸の谿』は俳壇の期待を背負って迎えられた。

満月に目をみひらいて花こぶし　　龍太

＊

『童眸』

第二句集である。昭和三十四年刊。昭和二十九年より三十三年までの作品、四八二句を収録する。書名の「童眸」は著者の造語であろう。その根拠は、昭和三十一年の、「九月十日急性小児麻痺のため病臥一夜にして六歳になる次女純子を失ふ」という前書きを持つ、「花かげに秋夜目覚める子の遺影」などの作が考えられる。

この集の編集された背景として特徴的なのは、「もとよりこの五年間の間に生まれた作品のすべてを録す自信はないが、しばらく自省の鞭をやわらげて計四八二句とした」という巻末後記の一文、「この集は、『百戸の谿』の物悲しく伏目がちであるのを捨てて、自然や人生のかげに寄り添うことなく、すこしでも明るく呼吸したいという意識があった」と述べている点は注目される。なお、後の『現代俳句全集』――自作ノート――の中の、「おお方の人が指摘するように多分に試行錯誤のきらいが強い」とか、「言葉が生硬の欠点を持つ」というような自省は龍太の作句姿勢の歩みを読み解く上でも大事な時期と言っていい。一集は、「大寒の一戸もかくれなき故郷」から始まる。なお、この句集は、昭和三十二年度の現代俳句協会賞を社会性派と呼ばれた鈴木六林男とともに受賞しているが、これも当時の俳壇の状況を反映していよう。

大寒の一戸もかくれなき故郷　　龍太

＊

『麓の人』

第三句集である。前集以後四十年までの作三八八句を収める。この六年間は、背景に父蛇笏の死、「雲母」の継承、さらに母菊乃の重患など、龍太の人生にとって節目となる背景として注目したい。この時期は、『百戸の谿』の「青春の感傷」、『童眸』の「壮年の強引さ」から抜けて「俳句としての別の自立」を目指した時期でもあった。また、「特に自然諷詠の場合、人間に対する関心がうすらいでは、どのように鮮明に対象を捉えても作品に肉がつかぬ、という考えがいくぶんかはっきりしてきたように思う」(『現代俳句全集』――自作ノート――)の一文からは発想の振幅を広げていこうとする意欲が感じられる。

昭和三十七年十月三日　父死す

月光に泛べる骨のやさしさよ

＊

『忘音』

第四句集である。昭和四十三年刊。前集後四年間の作三五五句を収録する。同年度の読売文学賞の受賞句集ともなった。書名の「忘音」、既成の語としての読みは〝わすれね〟。従って〝ぼうおん〟はこの書名の読みが最初である。四十年十月に母を失う。母への思いの一句、

落葉踏む足音いづこにもあらず　龍太

これが書名の裏付けと思われる。母については、「わが儘な父に仕えて五十年。その間つぎつぎに子を失って安堵のいとまもなかった母の発病は日頃丈夫な体質と思っていただけにショックであった」という。蛇笏の夫人として、六人の子の親としてのつつましい生涯であった。この母への追慕が一集の主柱となっている。

また、釣仲間として親交のあった井伏鱒二が、『忘音』の月報、「余談」の中で龍太の釣り姿の印象を、「時雨を呼ぶ一本足の案山子のやうにしんとして釣つてゐる」という巧みな比喩で描写し、これを「川に喰らひついてゐる」気持の表われと言っているのは、龍太の作句の姿勢につながっているとも思えて興味深い。

さらに、この集について書かれた竹西寛子の「忘音」と題する文章も紹介しておきたい。

「まことに〝忘音〟とは、〝忘恩〟の自責までこめている心優しい作者の命名ではないかとさえ読むのは、

母の手に墓参の花を移す夢

というどきっとするような現実感で立つ句の印象にも助けられている。五七五でものを言うことと表現することとの違いを、句集『忘音』を開いて又考えさせられている」

龍太の俳句作法などを越えた俳句作品そのものへの深い理解の見えてくる一文である。

寒茜山々照らすにはあらず　龍太

*

『春の道』

第五句集。前集以後、昭和四十五年までの作品三五五句を収める。四十六年十月刊。この集には、発表時より諸家のさまざまの論評が繰返されてきた

一月の川一月の谷の中

が収録されている。四十四年の作。この作については自解（『現代俳句全集』第一巻）を紹介する。

「家の裏を狐川という小さな渓流が流れている。（略）作品の対象はこの川である。この句、雑誌「俳句」発表の三十句中の冒頭に出した。幼時から馴染んだ川に対して、自分の力量をこえた何かを宿し得たように直感したためである」

おそらく、作者としても手応えありと感じたのであろう。説明のしようのないこと、そして他に類型のない点に作者自身納得しているという。俳壇でこの句を始めて論評に取り上げたのは高柳重信であったと承知している。

ところで、三十七年に父蛇笏の亡くなったあときわめて自然の流れとして「雲母」が継承された。これは、蛇笏の体調を慮って三十四年に設定された龍太選による〝作品〟欄の順調な充実があったからである。

俳人としての活動に焦点を絞って展望してみても、前掲の『春の道』も含んで四十年代から五十年代の作風が、前掲の、「特に自然諷詠の場合、人間に関する関心がうすらいでは云々」の

方向を歩みながら作風の振幅と力強さを見せてきた時期と言えるだろう。

『山の木』　第六句集。昭和五十年刊。昭和四十六年より五十年に至る作品四二〇句収録。

　白梅のあと紅梅の深空あり

『涼夜』　第七句集。昭和五十二年刊。和装四〇〇部限定。著者の署名入り。昭和五十年から五十二年まで。二一〇句。

　梅漬の種が真赤ぞ甲斐の冬

『今昔』　第八句集。昭和五十六年刊。昭和五十二年から五十六年春まで。二三二句。

　去るものは去りまた充ちて秋の空

『山の影』　第九句集。昭和六十年刊。昭和五十六年夏から六十年春まで。三九七句。

　月夜茸山の寝息の思はるる

この四句集、昭和四十六年から六十年に至る十四年間の作を収めている。

この四句集に限らず、龍太の句集はそのあとがきがあまりにもあっさりしているが、あるいはこの淡々とした風姿にも俳句表現に託そうとする何かが潜んでいるようにも思えるのだが。

「稿をととのへた夜がたまたまそのやうな感じだつたから、そのまま書名とした（『涼夜』）」

「なほ句集名「今昔《こんじやく》」は、今とむかしと、それ以外に何の意味もない（『今昔』）」

「『山の影』とは、至極平凡な書名であるが、さし當たつて同名のものが思ひあたらないし、かつまた、ただいまの心懐になんとなく似つかはしいやうにも思はれて即決した（『山の影』）」

何事もないと思えばその通り、ことさらに説明して自分を出そうとはしない、今のそのままの自分に接してもらおうとする心境ではなかろうか。『山の影』の「ただいまの心懐」があるいはそれに近いものと思われる。

＊

『遲速』

第十句集。句集はこれが最終の一集。平成三年刊。「雲母」終刊の前年である。前句集以後、六十年夏より平成三年まで。二三六句を収録する。数だけにこだわるわけではないが、六年間の句集に収める数としては少なすぎるのではないか。このことについては、「飯田龍太の時代」（「現代詩手帖特集版」）の座談会で話題になった。出席者は、宗田安正、齋藤愼爾、三枝昻之、廣瀬直人の四人である。「収録句は二三六句、捨てた句は八四九句、句集三冊分」（齋藤）という。この厳選について、「完結するために悩まれた結果（宗田）」とも言う。また、類想、類型への判断については、「類型、類句の避けられないのが短詩型の宿命であって、オリジナルの要素は一割か二割でいいと思わなければ（三枝）」などの意見が交わされながらつまりは、句集から外した八百余句も含めて、「時間をかけて検討し直さなければいけない」（宗田）ということに落着いている。あるいは、『遲速』、またそれ以後の諸作ともども読者一人一人の読解に任される部分も大きいのではないか。

終りに次の数作を挙げるにとどめるが、俳人として、また、この山村での一人の生活者としての日常への回帰が晩年への意志ではなかったかと思っている。

なにはともあれ山に雨山は春

露の夜は山が隣家のごとくあり

またもとのおのれにもどり夕焼中

飯田龍太（1920 ～ 2007）

大正９年山梨県東八代郡境川村小黒坂（現笛吹市境川町）に父武治(蛇笏)、母菊乃の4男として生まれる。旧制甲府中学を卒業後、折口信夫に惹かれて国学院大学に進んだ。俳句の実作は昭和16年に始め、東京の青光会・蛇笏の指導による甲府句会などに出席した。昭和18年右肋骨カリエスにかかって帰郷。農業にいそしんだ。昭和22年に長兄戦死の公報。23年三兄戦病死報。次兄は既に昭和16年に病没していたため、飯田家を継ぎ父蛇笏を扶けて「雲母」の編集に従事、以後作品、文章を精力的に発表した。昭和29年刊行の第1句集『百戸の谿』は甲斐の自然を背景にした清新な叙情が注目された。昭和32年、第6回「現代俳句協会賞」を受賞した。昭和37年、蛇笏の死を受けて「雲母」を継承し、以後その独自性によって「雲母」の全盛期とも言うべき時代を築き上げた。昭和44年に読売文学賞を受賞。昭和56年、日本芸術院賞恩賜賞受賞。昭和57年、紫綬褒章を受章した。この年からNHK学園俳句講座が創設され、その監修に当る。昭和56年、日本芸術院会員に任命される。昭和63年、詩歌文学館賞受賞。平成元年、山梨県立文学館が開館した。その建設に大きな尽力があった。平成4年「雲母」を900号をもって終刊。平成17年には『飯田龍太全集』全十巻が刊行された。平成19年２月25日永眠。主な著書として、句集『百戸の谿』『麓の人』『忘音』『今昔』『山の影』『遅速』。散文集『無数の目』『思い浮ぶこと』『山居四望』など。

廣瀬直人（1929～）

昭和４年５月16日山梨県一宮町（現笛吹市）に生まれる。昭和22年「雲母」入会。蛇笏・龍太に師事。昭和36年「雲母」同人。編集部に入る。平成４年「雲母」終刊。平成５年「白露」創刊主宰。平成21年、第43回蛇笏賞受賞、第1回小野市文学賞受賞。句集『帰路』『日の鳥』『風の空』など。散文集『飯田龍太の風土』『作句の現場』など。

現住所　〒405-0059　笛吹市一宮町857

発行　二〇一〇年四月一日　初版発行
著者　飯田龍太
編者　廣瀬直人
発行人　山岡喜美子
発行所　ふらんす堂
〒182-0002　東京都調布市仙川町一―九―六一―一〇二
TEL（〇三）三三二六―九〇六一　FAX（〇三）三三二六―六九一九
URL：http://furansudo.com/　E-mail　info@furansudo.com
飯田龍太精選句集　山のこゑ　ふらんす堂文庫
振替　〇〇一七〇―一―一八四一七三
装丁　君嶋真理子
印刷所　トーヨー社
製本所　並木製本
ISBN978-4-7814-0233-8　C0092　¥1200E